La abuelita de Laurita se va al cielo

Escrito por Maribeth Boelts

Ilustraciones de Cheri Bladholm

Editorial Vida

La misión de Editorial Vida es proporcionar los recursos necesarios a fin de alcanzar a las personas para Jesucristo y ayudarlas a crecer en su fe.

En memoria
de Carolyn Hau
Maribeth Boelts

Al abuelo Dan y Grammy Gloria, Hannah,
Holly, y Patrick por posar para este libro, y por brillar con la luz
pura y fuerte de Dios.
Cheri Bladholm

LA ABUELA Y SARA estaban recogiendo alubias mientras el sol del verano calentaba la tierra suave entre los dedos de los pies de Sara.

—Abuela, ¿podemos ir a la piscina después del almuerzo? —preguntó Sara.

—Quizá… —dijo la abuela—. Pero tendrá que llevarte el abuelo porque yo tengo una cita con el médico.

—¿Estás enferma? —preguntó Sara.

—No estoy segura —dijo la abuela—. Últimamente no me siento muy bien.

Unos días más tarde, mamá y papá tuvieron una conversación con Sara.

Mamá la tomó de la mano y le contó que la abuela tenía una enfermedad llamada cáncer. Necesitaría medicinas especiales y muchas consultas médicas.

—¿Se va a morir? —preguntó Sara, con el corazón palpitante.

—Algunas personas que tienen cáncer o alguna otra enfermedad se sanan —dijo papá—. No sabemos lo que va a ocurrir en el caso de la abuela. Tomaremos un día a la vez, y oraremos para que se mejore.

PRONTO LAS HOJAS de los árboles llenaban las calles de anaranjado y rojo, y las calabazas del huerto estaban listas para ser cosechadas. La abuela estaba sentada en una silla mientras Sara hacía rodar calabazas hasta que hizo un círculo alrededor de la silla. Juntas cortaron y tallaron hasta reunir toda una familia de calabazas.

A la abuela se le había caído el cabello, suave y blanco, a causa de las medicinas que estaba tomando, así que Sara le dio su gorra favorita para que se cubriera la cabeza. Cuando terminó de cortar la calabaza de la abuela, Sara entró corriendo a la casa a traer una gorra para ponerle a la calabaza. La abuela se rió y dijo:

—¡Sara, fíjate que esa calabaza se parece a mí!

ANTES DE NAVIDAD, la abuela se puso más enferma. Una enfermera llamada Amelia comenzó a venir durante el día, y mamá y papá también hacían turnos para estar con la abuela.

Mientras el abuelo sostenía la bandeja de hornear, la abuela espolvoreaba las galletas con azúcar roja y verde. Con voz débil, le leyó a Sara la historia de la Navidad y permitió que Sara colocara al niño Jesús en el pesebre. Más tarde, cuando la abuela dormía la siesta, Sara se arrodilló junto al nacimiento. Tomó al niño Jesús en las manos. Oró para que la abuela sanara y pudiera jugar con ella, y también trabajar juntas en el huerto.

PERO EN ENERO, cuando soplaban los vientos del invierno… la abuela murió.

De repente hubo visitas de la familia y de amigos. Los familiares se reunieron alrededor de la mesa. Lloraban, se reían, y contaban recuerdos de la abuela. A Sara la abrazaban y la volvían a abrazar, y le ofrecían sándwiches y galletas; pero era difícil sentir hambre.

Cayó nieve ese día, y también cayeron las lágrimas del abuelo. Sara se sentó con él en la mecedora y hablaron de cuánto amaba a Dios la abuela, y a su familia, y cómo le gustaba el huerto. Hablaron sobre el cielo, y el abuelo le contó a Sara que en el cielo no hay enfermedad, ni llanto, ni tristeza.

—¿Veremos otra vez a la abuela? —preguntó.

—Algún día —dijo el abuelo—. Cuando vayamos al cielo.

—¿Cuándo será eso? —preguntó Sara.

—Cuando nos toque morir —dijo el abuelo.

Sara no dijo nada por un rato, luego preguntó:

—¿Voy a estar bien vieja cuando me muera?

El abuelo puso la mano en la cabeza de Sara y respondió:

—Casi todas las personas son ancianas cuando mueren.

ESA NOCHE, mamá preguntó a Sara si le gustaría ir al entierro de la abuela. Le explicó que el cuerpo de la abuela estaría en un ataúd, pero que su espíritu estaba en el cielo con Jesús. Dijo que algunas personas estarían llorando y otras estarían calladas mientras hablara el pastor. Cantarían himnos y contarían experiencias de la vida de la abuela.

—Sí, quiero ir —dijo Sara.

La mamá le ayudó a escoger la ropa para el funeral. La tía Margarita sugirió que Sara se pusiera su mejor vestido y sus zapatos negros, los de charol. La tía Margarita no sabía que los zapatos le apretaban y que el vestido le daba comezón.

—A la abuela le gustaría que estés a gusto, ¿no es así? —dijo la mamá más tarde.

Sara escogió sus zapatillas blancas, una blusa, y un vestido al que la abuela le había cosido un botón nuevo.

Sara le mostró el botón a mamá.

—La extraño —dijo Sara, y tragó saliva varias veces.

—Yo también —dijo mamá, abrazando a Sara.

A LA HORA DE IR A LA CAMA, Sara no podía dormir, de modo que mamá y papá dejaron que se acostara en la cama con ellos.

Sara habló mucho de la abuela. Luego papá leyó en voz alta la parte de la Biblia favorita de la abuela, y Sara escuchó. Lo que papá leyó describía al Señor como un pastor de ovejas. Sara cerró los ojos, y se imaginó las aguas de reposo, y se vio descansando en los pastos verdes.

—¿Puedo hacer un dibujo de eso? —preguntó Sara.

Mientras papá leyó nuevamente el pasaje, Sara hizo dibujó a un pastor en un campo verde y con aguas tranquilas; pero en vez de ovejas, dibujó a la abuela con cabello blanco, suave, y con cara sonriente.

EN EL FUNERAL, Sara se acercó lentamente a donde estaba el cuerpo de la abuela en el ataúd. Primero le dio un poco de miedo.

—¿Está durmiendo? —preguntó Sara.

—Cuando las personas se mueren, no están durmiendo —susurró papá—. El cuerpo ya no respira, ni piensa, ni siente, ni escucha.

Sara estaba de pie, tranquila, pensando en el cuerpo de la abuela que estaba en el ataúd y en el espíritu de la abuela que estaba en el cielo.

—¿Cómo sabes que la abuela está en el cielo? —preguntó Sara.

—Porque amaba a Dios, y creía en su Hijo, Jesús —dijo papá—. Dios ha dicho que si hacemos esas dos cosas, iremos al cielo para estar con él. Es una promesa de Dios.

Sara metió la mano en el bolsillo y sacó el dibujo que había hecho la noche anterior. Lo colocó en las manos de la abuela.

—Te veré otra vez, abuelita —dijo Sara.

UNOS CUANTOS DÍAS DESPUÉS DEL ENTIERRO, el abuelo llamó por teléfono y preguntó si Sara quería ir a visitarlo. De modo que todo ese invierno, hasta que la nieve se convirtió en lluvia de primavera, Sara y el abuelo jugaron a las damas chinas, tomaron chocolate caliente en el restaurante del pueblo, y construyeron ciudades de bloques que llenaban la mitad de la sala. Algunos días, los ojos del abuelo estaban cansados, y cuando hablaba acerca de la abuela, su voz sonaba como que quería llorar. Y otros días, se reían sobre algún buen chiste que había escuchado Sara, o una historia divertida acerca de la abuela.

CUANDO SE SECARON LOS CHARCOS y los días se volvieron más templados, el abuelo y Sara comenzaron a excavar el huerto. Sembraron alubias, hileras de maíz, y pequeñas semillas de calabaza. Y tal como el campo del que papá había leído en la Biblia, poco después, dondequiera que miraba Sara veía verdor y plantas que crecían.

—A la abuela le hubiera encantado este huerto —dijo Sara.

—Tienes razón —dijo el abuelo—. ¿Pero sabes lo que le habría gustado más?

—¿Qué? —preguntó Sara.

El abuelo puso la mano en el hombro de Sara y dijo:

—Le habrían encantado los jardineros.

Y Sara, recordando el amor que la abuela le había mostrado cada día, asintió.

«Hermanos, no queremos que ignoren lo que va a pasar con los que ya han muerto,

para que no se entristezcan como esos otros que no tienen esperanza.

¿Acaso no creemos que Jesús murió y resucitó?

Así también Dios resucitará con Jesús a los que han muerto en unión con él».

1 Tesalonicenses 4:13-14

CUANDO MUERE ALGUIEN CERCANO A SU HIJO

Para todo padre es difícil tratar con su hijo (o hija) el tema de la muerte. El fallecimiento de un abuelo suele ser el primer encuentro de un niño con la muerte. A los niños muy pequeños les resulta difícil comprender la realidad y lo definitivo de la muerte. No importa qué edad tenga su hijo, cuando muere alguien cercano a él, necesitará que se lo consuele y tranquilice diciendo que todo está bien.

Un consuelo suficiente puede evitar que el niño se sienta indefenso y sin esperanzas ante la pérdida.

- Asegure a su hijo que la muerte es parte de la vida, y que para los cristianos no es el fin.
- Asegure a su hijo que Dios está con él (o ella) no importa lo que suceda. Esta es una verdad que ha consolado al pueblo de Dios durante generaciones.
- Asegure a su hijo que no le va a pasar nada malo.
- Asegure a su hijo que usted está bien.

Una forma de hacer penetrar esta verdad es decir algo como «Quiero que sepas que aunque la abuela ha muerto, yo no me voy a ir, ni tú tampoco. ¡Estaremos juntos durante mucho tiempo! Quizá ahora necesitemos pasar un poco más de tiempo juntos». Estar juntos es un don precioso en cualquier momento, pero en esta situación, es un verdadero consuelo y una forma importante de sobrellevar la pérdida.

Usted le está obsequiando a su hijo un precioso regalo cuando deja que él (o ella) vea su forma abierta de hacerle frente a la muerte. De modo que no tenga temor de mostrar sus sentimientos ante su hijo. Quizá tenga ganas de llorar al leer este libro. ¡Hágalo! No es malo estar alterado y llorar delante de su hijo. Una parte de dar permiso a su hijo de llorar la muerte del ser querido es decirle al niño que usted también siente pena. El dolor y la pena son sentimientos importantes, y esta pérdida es una experiencia especial que pueden compartir.

En este libro, Sara y su abuelo tienen mutuos recuerdos especiales de la abuela. Es muy bueno tener una actividad especial que haga recordar al niño a la persona que murió. A veces puede ser alguna celebración especial. Otras veces es una actividad que su hijo llevó a cabo con esa persona, como acampar o hacer conservas de duraznos. A veces significa hacer memoria de ciertos días festivos o mantener vivas las tradiciones de un día de fiesta. Otras veces es mirar álbumes de fotografías, películas, vídeos, o hacer un álbum de recuerdos. Haga planes con su hijo de hacer algo de esto, y luego llévelo a cabo. Pensar en el ser amado o celebrar su vida es a menudo más valioso que visitar el cementerio.

Hable con su hijo sobre cómo recuerda usted que Dios está a su lado. Quizá sea en una puesta de sol, en el cambio de las estaciones, un versículo especial de la Biblia, o un evento de la vida diaria. Anime a su hijo a pensar en cómo recuerda él que Dios esta presente. Hable sobre esto de vez en cuando.

El simple hecho de leerle este libro a su hijo puede ayudarle al niño a comprender que no está solo. Usted está con él. Dios está con él. Lea y relea este libro como recordatorio y reafirmación de esta maravillosa verdad.

Palabras para los padres y para otras personas que cuidan a los niños

La vida cotidiana en el mundo de Dios representa desafíos y problemas para todos. Los niños, tanto como los adultos, luchan con una variedad de sentimientos cuando se enfrentan con situaciones cargadas emocionalmente. Al ayudar a nuestros niños a reconocer la presencia amorosa de Dios en su vida —que él está con ellos pase lo que pase— les ayudamos a prepararse para la vida. Uno de los nombres de Jesucristo es «Emmanuel, Dios con nosotros», y Dios con nosotros es el tema dominante de esta serie de Ayudemos a sanar a nuestros niños. Estos libros, honradamente y con sensibilidad, tratan las dificultades emocionales a las que se enfrentan los niños.

A los niños les encanta una buena historia, y las historias pueden dar una forma segura de acercarse a ciertos asuntos, preocupaciones, y problemas. Los terapeutas que trabajan con niños durante mucho tiempo han utilizado historias para ayudarlos a reconocer sentimientos que prefieren evitar. Cuando un padre amoroso, un abuelo bueno, o un profesor caritativo lee en una historia acerca de un personaje que está sufriendo, el niño siente que tiene permiso de sentir, hacer preguntas, hablar de sus temores, y luchar con sus sentimientos. Recuerde que, como con cualquier buena historia, nunca es suficiente leerla una sola vez. La repetición es un gran recordatorio de las verdades que contiene la historia.

Cada niño es distinto. Algunos niños, al enfrentarse con emociones difíciles, harán preguntas sobre los personajes en los libros. Otros niños se contentan con solamente escuchar y observarlo todo. Después de leer varias veces la historia, intente hacerles hablar sobre la misma. Usted, más que nadie, sabrá lo que necesita el niño. Tenga estas cosas en mente al utilizar estos libros:

- Dios está también con usted. Quizá usted esté leyendo algo que lo afecta profundamente. Sus sentimientos pueden ser tan sensibles como los del niño que lee el cuento. Ore para sentir en el corazón la presencia amorosa de Dios.

- Usted no tiene que saber la respuesta exacta a cada pregunta, ni tampoco tiene que responder cada pregunta del niño. A veces, las mejores preguntas son las más difíciles de responder. Pero asegúrese siempre de reconocer la pregunta del niño. Sea sincero. Diga que no tiene la respuesta. Si el niño pregunta: «¿Por qué se tuvo que morir?» es correcto contestar:«No lo sé».

- Ore con el niño para sentir la presencia amorosa de Dios. Dígale al niño lo que siente por él y hable acerca de sus sentimientos. Hágale saber que sienta o no la presencia de Dios, el Señor está con él de todos modos. Este es un regalo amoroso, precioso, y poderoso que usted puede darle al niño.

- Sea consciente de que Dios obra de formas diferentes. Puede que el niño no responda mucho cuando usted le lee este libro. No se preocupe. Lea varias veces el libro. Usted está sembrando una semilla; una semilla para que el niño reconozca que Dios esta obrando en la vida de todos.

- ¡Diviértase! Disfrute de la historia y del tiempo que pase junto con el niño. Los niños son preciosos regalos de Dios, creados a su imagen. Dios lo está ayudando a usted a preparar al niño para un futuro en su reino.

R. Scott, doctor en Filosofía, sicólogo clínico y profesor de sicología del Calvin College.